梁望峯 著

超能力訓練小學

重來一次的邂逅

目錄

超能力訓練小學

角色介紹

周星星

超能力

讀心術

成績差勁，調皮多嘴，最愛搞怪，但又怕別人會不喜歡他。只想將歡樂帶給大家，希望人見人愛。

小黑

超能力

添好運（逢凶化吉）

自嘲為「地獄黑仔王」，總覺得所有噩運都會跟隨着他，最大的願望就是「添好運」。

Cool

超能力

隱身

性格冷漠的女生，在一群人之中，有她這個人好像沒有她這個人存在的一樣。看似憤世嫉俗，但其實外冷內熱。

教王

超能力

操縱時間

班裏第一模範生，為人處事成熟正直，是眾人的意見領袖。陽光明朗的他，卻有一個悲傷的過去。

郭雪絲

超能力

透視眼

個性單純，觀察入微，善解人意的女生，天生有一份天使般的善心。

八珍

超能力

隔空移物

說話巴辣刻薄，口不擇言，經常跟男生鬥嘴，胖胖的身形是她最大的煩惱，但又極愛吃零食。

維維

超能力

停頓時間

熱情外向，但糊裏糊塗的傻大姐，上學總是遲到。

Lemon

超能力

瞬間轉移⇌

熱愛挑戰，不畏困難的冒險家，從小到大都嚮往到不同地方去遊玩。

許如雪

超能力

全能∞

愛操縱大局，好照料別人。十分重視朋友，卻總是害怕朋友離她而去。

第一章

最深刻的一件事

很多年以後，當有人問起：「在**小學時代**，你最深刻的一件事，是什麼？」

我一定會**回答**：「我曾經救回我的一群朋友！」

是的，不是得過幾個學業優異獎，也不是受到老師的表揚，甚至代表學校出賽而拿到世俗認可的獎項，我做了比起這些更**重要**的事——

我救回了我的一群朋友！

這就是我在小學時代最***深刻***的事。

教主沒遇過比起今天更怪異的事了！

是的，教主的性格成熟沉穩，也不是個凡事都會大驚小怪的人，照計能夠嚇倒他的事並不多，但這天他卻真的感到震驚了！

試想一下，面前忽然出現長得跟自己一模一樣的人，喊着你的名字，你會不會給嚇得暈死過去？

這一天教主放學回家途中，滿心也是不快，心裏抱怨媽媽向他隱瞞着爸爸的行蹤。路過家附近的公園時，突然有一把低沉的男聲在身後響起：

盧孝主！

教主感覺很出奇……聽到有人喊他的真實姓名當然不是奇事，但他剛才分明看見公園**空無一人**啊！況且，那把男聲是如此出奇地熟悉，就像是教主開口在叫喊自己的聲音。

他慢慢轉過頭去，只見到身後正站着一個男生，身穿的是他這一刻在穿着的**校服**，然後往上一看……竟是教主自己的臉！

教主連退幾步，盡量要拉遠雙方距離，他的後腿撞到了公園的長椅，整個人跌坐到椅上。但其實他覺得自己很厲害了，見到這**難以置信**的一幕，其他人大概會暈死過去吧？但他只是雙腿狠狠發軟而已！

「盧孝主」在長椅前蹲了下來，跟他相隔着幾呎的**對望**着，然後展露微笑説：「我找到你了。」

教主好不容易才騰出一句話來（雖然回想起來，那句話很**搞笑**），他對「盧孝主」說：「你找我有什麼事？」

「盧孝主」慢慢揚起手，打開本來合着的拳頭，展示了**手心**上放着的一件東西，教主一看就怔住了。

那是他睡房牆上掛着的《回到未來》砌圖海報，不知在何時**遺失**了的一塊雪花形狀砌圖。

「我來找你，是為了要提醒你，拯救世界的時間到了。」

那個下午，教主和「盧孝主」促膝長談。

盧孝主告訴了他一切發生的事，令教主聽得目瞪口呆，必須大口大口喝下大半盒**凍檸茶**，人才冷靜下來。

聽完這個「**科幻故事**」，教主訝異的說：「原來是許如雪向我和朋友們施展了『抹洗記憶』超能力，我才會忘記所有發生過的事啊！她也太可惡了！」

喝着**可樂**的盧孝主，卻有另一番看法：

「也許，許如雪不是**惡魔**，她只是失望又生氣而已……」

「生氣就可以為所欲為了嗎？」

盧孝主無奈地搖頭，苦笑着説：「很多女孩子只要生氣起來，就會變得**不可理喻**。」

教主記得任教中文科的蔣老師，試過發現班上有同學測驗作弊，結果氣得將全班學生的成績改為**0分**，説「這是古代歷史留下來的株連九族，一人犯罪就要滿門抄斬！」她的脾氣也大得有點不可理喻，所以他**認同**盧孝主的話：「嗯，你的話也沒有不對。」

話一出口，他才發現這話太笨了，盧孝主根本就是他嘛，兩人的想法本該是一樣的，所以這句話就像是個**自言自語**的傻瓜。

雖然得悉爸爸一切安好，幾年後更會一家團圓，他覺得非常開心。可是，知曉一群好友將會遭遇**厄運**，他擔憂地問：「雖然我從未聽過凌柏珍和倪小黑這兩人的名字，但從你口中得知我和他們是好朋友，我真想知道他倆現在怎樣了？」

雙手捧着可樂罐的盧孝主，看了教主兩秒鐘，用**安慰**似的語氣說：「凌柏珍和倪小黑很好啊！」

教主彷彿聽得出話裏的另一種**意思**，所以他問：「兩人很好，但是——」

盧孝主**遺憾**地說：「兩人很好，但是他們的生活中沒有了你們四個好朋友。」

教主心頭湧起了一股熱血，鼓起勇氣說：「我想去見一見兩人！」

盧孝主卻**面有難色**，語氣猶疑起來：「但他們不認識你啊……正如你也不認識他們吧？」

教主看着面前像**鏡子**倒影般的盧孝主，倒有幾分莫名其妙：「你怎樣啦？你就是我啊！難道你不知道我會怎樣做嗎？」

盧孝主好像要揮走在頭頂飛來飛去的烏蠅，他用力揮一下手，一臉**委屈**：「在我身上發生太多事了，我已經不知道做什麼才是正確，或者只會**愈做愈錯**。」

教主表示理解：「這就是你前來找我的原因吧？」

「咦？」盧孝主抬起眼。

「你剛才不是說：『我來找你，是為了要提醒你，拯救世界的時間到了！』所以，我必須為朋友們出一分力！」

盧孝主整個人精神起來：「是的，你說得對。」

「請你帶我去見凌柏珍和倪小黑吧！沒有人一開始是朋友，所以彼此就算是陌生人也不要緊，我還是可以主動跟兩人成為朋友的。」

盧孝主看着一臉熱誠的教主，終於朝他用力點了一下頭。

第二章
不似預期的巨星生活

記得在小時候，許如雪跟媽媽去公園遊玩，路過一家賣棉花糖的店，媽媽給她買了一枝，兩母女你一口我一口，巨大的粉紅色棉花糖球好像永遠吃不完。

媽媽忽然問：「雪雪，要是可以給你選一種**超能力**，你想擁有什麼超能力？」

媽媽的問題很奇怪，但許如雪想也不想便回答：「要是我可以擁有一種超能力，我想讓自己永遠不會長大。」

媽媽呆了半晌，滿面不明白的問：「為什麼你想要這種超能力？」

「因為只要永遠停留在這一刻，你和爸爸就會永遠愛着我。」

「不，就算沒有那種超能力，我們仍會永遠愛你。」

「為什麼？」

「不為什麼，你永遠是我們的女兒啊！」

數年後，爸媽已經不在一起生活了。兩人離婚後，許如雪跟隨着爸爸，她一星期只容許跟媽媽見一次面，每次見面只有半天，媽媽這個人對她來說是**愈隔愈遠**了。

可惜的是，她一直沒有超能力，所以只能對發生的任何事逆來順受。

在小小的許如雪心中，從此明白一件事：對自己想要的東西，一定要**爭取到底**，否則最重要的事物，一定會捨她而去。

在一個超能力許願亭內，許如雪得到了「全能」的超能力，令她可以將一切不可能變**可能**。

什麼是不可能變可能？譬如，她令自己由一名普通的小學生，**搖身一變**成了廣告明星。

對啊，她用了「操縱時間」超能力，讓自己回到小二那年，又利用「幻術」超能力，讓她在一個廣告童星選拔賽中**脫穎而出**，順利接拍了一個檸檬茶廣告。

在廣告播出時，她施以「人見人愛」超能力，讓所有觀眾也覺得她**魅力非凡**，使她一夜成名，一個接一個更受歡迎的廣告相繼推出，令她的聲勢與日俱增。

每一天，當許如雪踏進召月小學的校門，校內幾乎所有男女生都給她吸引過來，連樓上的學生接報了，也從課室跑出走廊，站在**欄杆**前俯視她，簡直就像皇帝出巡那樣，而許如雪早已對眾人的注視**習以為常**。

自從接拍第一個檸檬茶廣告以後，她已是校內的明星同學。一星期前，她最新拍攝的童裝運動服廣告播出，鋪天蓋地的宣傳，令她又再*人氣急升*。

她不僅是校內的寵兒，每逢放學都有別家學校的學生在校門外等候着她，想跟她拍照和請求她簽名的人不計其數。走到網上一看，更會看見無數粉絲的支持如雪片般飛來：「雪雪，永遠支持你！」、「許如雪，你是最好的！」

但很抱歉的説，那只是表面風光。

許如雪一直以為自己非常享受萬人擁戴，其實不然，成名需要付出**代價**，聲名大噪就要付出更高昂的代價——她走到哪裏也沒有自由，一舉一動都好像被**監視**着，每一個醜態似乎也要被攝入鏡頭，讓她覺得這種「巨星生活」愈來愈討厭了！

舉個例吧，上星期她在一家便利店買了**雪糕**來吃，一不小心卻把整球雪糕掉到地上去了，當她用力跺着腳在生悶氣的時候，卻發現有四個女生在對街看到她的**醜態**，正在小聲講大聲笑。

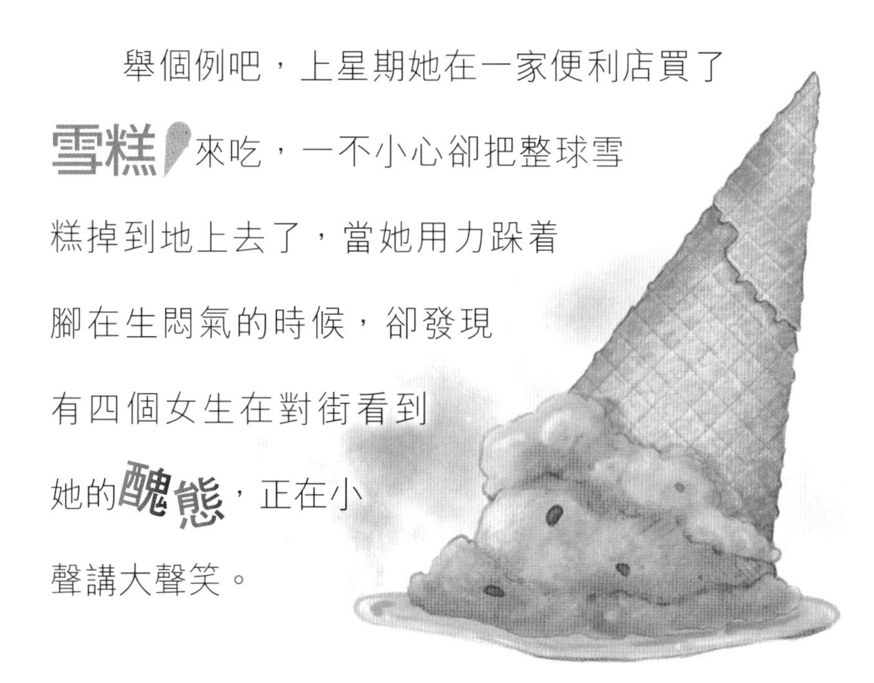

她一怒之下，竟利用「隔空移物」超能力，把女生身後的一棵大樹連根拔起，打橫壓倒在四人身上，被砸中的女生們發出痛苦的哀號，其中一人更即時陷入昏迷，路人紛紛趕過來救援，卻抬不動那粗壯的樹幹。

許如雪見到面前亂成一片，很快便知道自己做得太過火了，她第一時間修正，利用「操縱時間」超能力，把時間倒退至走進便利店的那一刻——她沒有推門進去買雪糕了，而是直走直過，不想節外生枝。

又譬如這個早上，當她步出居住的大廈，便發現有三個中年男人暗中跟蹤着她。自從在一個星期前，有人在網絡上公開了她的住址，令學校內外已飽受滋擾的她，被「粉絲」追捕的

範圍正式擴展至居所，使她
更加**無所適從**。

這些年來，她從不敢
乘搭巴士，每天皆以計程車
代步，但這一天由於感覺到三
個男人在不遠處**盯**着自己，她變得心神恍
惚，急着跑過去截停路邊一輛剛駛過的計程車，
一不小心就在路上摔了一跤，校裙下**擦損**了
的膝蓋即時冒起一片血紅。

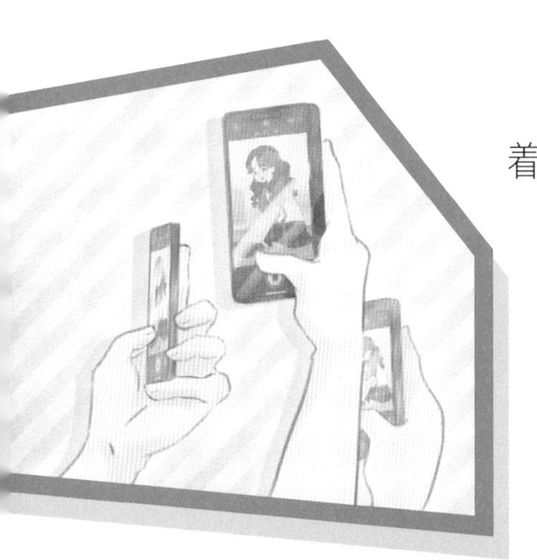

她回頭看看那三個緊追
着她不放的男人，他們居然
高舉着手機，遠遠拍攝
她的醜態，說不準還做着
網上直播呢！

痛極了的許如雪，既尷尬又憤怒，用力一咬牙，三枚**手機**即時從男人們的手中飛脫，直摔到在車來車往的馬路上，給駛過的車輛陸續輾過，零件四散。

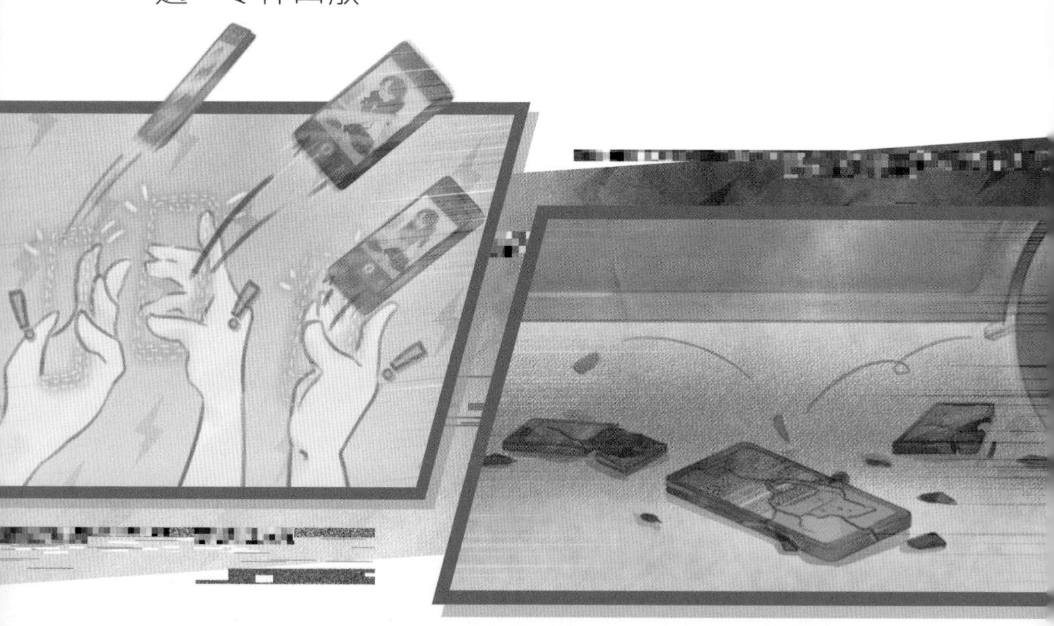

看到三個男人呆望着手機殘骸，許如雪這才消了氣。當她再走幾步，擦傷了的膝蓋傳來陣陣**痛楚**，她只好把自己送回步出家門的一刻。

然後，為了不遇上那三個討厭的男人，她再施展「瞬間轉移」超能力，連乘搭計程車也省下了，心裏想着召月小學的**圖書館**，一閃電間，她已站在圖書館的一排書架前。

熱愛看書的她，想到自己已很久沒有認真讀一本書，便拿起了她最喜愛的**作家**阿濃的《點心集》，走去服務台借書。那位圖書館主任好像給嚇壞了，說剛才沒見過有學生進來啊！

許如雪不禁苦笑：「我像一頭**老鼠**般，偷偷地溜進來了吧！」

圖書館主任把印好還書日期的小說交到她手上，用請求的語氣**悄悄**說：「我女兒很喜歡你，你可替她簽個名嗎？」

許如雪爽快地說：「當然可以啊！」

於是，她在一盒有着她肖像的檸檬茶上簽了名，圖書館主任興奮得**眼泛淚光**，對她千多萬謝。

許如雪一轉過身來，本來笑盈盈的一張臉完全沉了下來，心裏有萬般**無奈**。其實她剛才說的可是真話啊，愈來愈覺得自己像一頭見不得光的**老鼠**，做什麼都要偷偷摸摸，只為了不要給別人騷擾——甚至沒想過，連去借書也會給別人索取簽名。

她有種無時無刻都被**追捕**，最後被卡在捕鼠器無處可逃的悲哀感。

然後，當她拐出圖書館門口，走廊外即時有學生們發現她的**蹤影**，並跟身旁的同學喃喃細語，一剎間所有學生的目光便向她投過來。

她又要繼續挺直腰板，抖擻精神，露出一副明星臉，好讓自己符合眾人心中「她真是一位閃閃發光的明星同學啊！」這要求。

返回小四丁班課室，才剛坐下，半班同學便走到她座位前，圍着她噓寒問暖，更有同學熱情地遞上親手製作的愛心早餐，每個人都用仰慕的眼神看她，令她吃不消。

她偷偷遠望身在同一個課室內，卻相隔大半班同學的維維和 LEMON，兩人正捧着英文課本，一個發問一個作答，替彼此溫習下一堂的英文默書，一看就知兩人是一對要好的朋友。

許如雪想起三人曾經是無所不談的好朋友，可惜的是，她用「操縱時間」+「抹洗記憶」

超能力，回到小二開學的一天，故意不走向轉校生維維和 LEMON 身邊，讓三人失去成為**朋友**的機會。

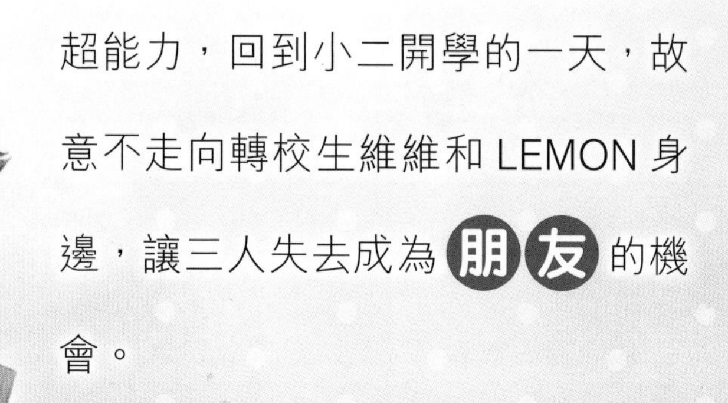

三人從沒認識，當然也沒機會成為閨密。即使她受到全班同學的**仰慕**，維維和 LEMON 卻成了形同陌路的同學，她是故意要冷落兩人的吧，甚至連點頭之交也稱不上。

偶然地，不，該説是經常地，許如雪總會偷看維維和 LEMON，留意兩人的**一舉一動**。此時此刻，看到兩人一同愉快地溫習，她又生起被兩人**離棄**了的感覺。

十五分鐘後，許如雪走進女廁，把自己鎖進一個五呎乘三呎的小廁格內，好不容易才可擺脱眾人目光，她有種終於**脱身**了的感覺。

然後，她記起校裙內仍放着剛才那個同班女

生給她的三文治早餐，便把它用力拋進馬桶旁的垃圾箱內。

感覺累壞了的許如雪，身子在廁格的角落裏慢慢滑下去，她蹲在地上用雙手抱着兩腿，把下巴枕在手臂前，只想令自己盡量**縮小**，再縮小，希望世上任何人再也不會留意到有她這個「巨星」的存在。

第三章
重新認識的好朋友

放學時分，盧孝主帶領教主去了新界北區的一家小學，兩人在學校對街的便利店等着，透過一道落地**玻璃**，觀察步出校門的學生。

雖然兩人瑟縮店中一角，盡量不想引人注目，但一名檢視貨架的女店員正好走過，瞧見兩人一模一樣的面貌，不禁露出見鬼似的驚嚇表情，教主即時笑着向她解釋：「我倆是孿生兄弟，長得很**相似**吧！連我們的父親也認不出我倆啊！」

女店員這才恍然大悟，**安心**地走開去。

這學校距離召月小學有十萬八千里遠，乘搭巴士前去也要幾十個站，難怪彼此無緣結識，但這也可看出許如雪的**深謀遠慮**，她是故意要刁難大家，讓眾人分隔兩地，無法成為朋友吧！

由於教主從未見過凌柏珍和倪小黑，對兩人無半點印象，所以只能靠盧孝主**指引**了。

過了十分鐘，盧孝主雙眼一亮，對教主說：「兩人出來了！」

教主**金睛火眼**的注視着校門，只見一大群男女生從內湧出，根本無法辨別哪一人才是凌柏珍或倪小黑啊！直至盧孝主再給**提示**：「兩人繼續一起同行。」

這可簡單得多了，校門外的學生散成一群

群，有些學生三五成群，有些則是兩個女生或兩個男生一起**離開**，但一男一女同行的，就只有一對而已。

教主看着眼前這兩張臉孔，那個叫倪小黑的男生長得高高瘦瘦，臉色不大好，恍如隨時會**生病**般；而那個叫凌柏珍的女生，胖胖的很可愛，還有一副一看就知道是**饞嘴**的樣子。

雖然二人看起來很善良，但教主對他們真的全無印象，非常陌生。但在仔細觀察下，從兩人談笑風生，沒任何拘謹的表現看來，他們確是非常要好的朋友。

一想到他倆本該是自己的好友，教主心裏有着一份惋惜。

盧孝主對他說：「好了，接下來的事，就由你去處理啦！」

教主用力點一下頭，正準備走向兩人，但他走了幾步又停下腳步，轉頭詢問盧孝主：「想深一層，你和兩人根本就是好朋友，對他倆的事瞭如指掌啊，由你前去不是更容易成功嗎？」

對啊，這是一個很好的想法吧。

然而，盧孝主聽到教主的話，**靜默**了幾秒鐘，露出一個無可奈何的**苦笑**：「正正因為我們是朋友……是曾經的好朋友，要是失敗了，我會特別傷心吧。」

教主一聽就明，正如一個從未考過第一的學生，考不到第一名也沒什麼不開心。可要是你已經有了考第一的先例，這次卻**名落孫山**，難免失落得要命吧！

看着表現軟弱的盧孝主，教主體諒地說：「好吧，由我前去好了！」

說罷，教主就循着兩人走的**方向**，在對街尾隨着他們，沿路思考該如何去結識這兩位「好朋友」。

兩人走了一條街，拐進一家快餐店內，教主知道**機會來了**，也跟隨着走進店裏。他看到

兩人分別點了一個套餐和一個單點的漢堡包，

然後坐在一張四人桌的一邊。

他用心思考一會兒，也點了一個套餐，直走到兩人身邊，再看一眼幾乎全滿的餐廳，便禮貌地問二人：「不好意思，請問我可坐在這裏嗎？」

正在興奮談論着什麼的凌柏珍和倪小黑，用歡迎的笑容說：「坐啊！」

教主一臉**感謝**的坐下來，開始靜靜地用餐。

兩人則繼續剛才的話題，倪小黑說得眉飛色舞：

……真的啊！所以我一直懷疑金字塔是外星人建造的，因為古人根本就沒有興建它的科技啊！況且，科學家近年更發現一些異常神秘的事件！

一邊把薯條送入口的凌柏珍，一邊**緊張兮兮**地催促：

你就不要賣關子啦！有什麼神秘之處，快講啊！

「科學家在某個金字塔裏找到神秘的小通道，小得根本不是給人類通過的啊！不過，更**匪夷所思**的事來了！」小黑的聲音在此停頓了一下，營造出令人引頸以待的氣氛：「有科學家把一個**蘋果**放在金字塔內，三個月後去看看它的腐爛程度，卻發現它居然沒有半點變壞的迹象！請注意，這可不是蘋果手機，而是真的蘋果啊！就算把它放在雪櫃蔬果保鮮格也做不到，所以我肯定，金字塔內一定蘊藏着巨大的**秘密**，遠遠超越人類的知識範圍！」

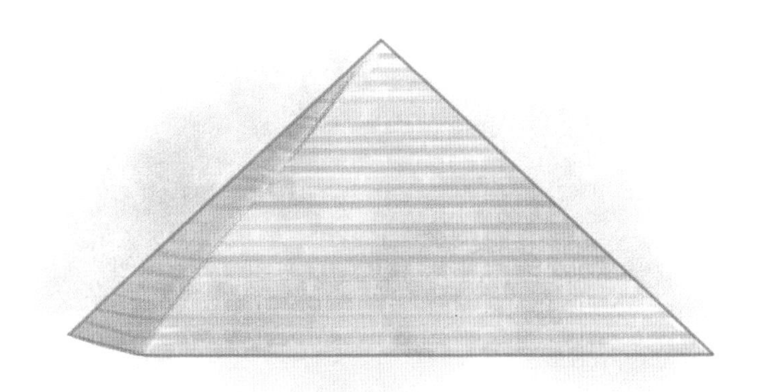

凌柏珍倒抽一口涼氣：「聽起來，金字塔真的很**可疑**啊！」

這時候，在一旁咬着雞塊，靜靜聽着兩人對話的教主，趁機加入了話題：「其實我也聽過一些關於金字塔的**神秘事件**……」

對這個話題意猶未盡的凌柏珍和倪小黑，聽到這個年紀相若的少年有所回應，**異口同聲**地說：「快說來聽聽！」

聽說金字塔是外星人留在地球的流動基地，它擁有永恆的能量，以便外星人隨時回來補充燃料。

這番話充滿了科幻感，令兩人聽得目瞪口呆。倪小黑衍生出更多**幻想**：「嘩！那麼金字塔可會是『變型金剛』？那個金黃色的四角錐有天可能會突然離地，化成外星人的母艦啊！」

教主想了一想，聯想到了變身的影像，也能感受那種磅礴的**氣勢**，便點點頭：「不排除有這個可能啊！」

凌柏珍聽得太興奮了，她不斷將薯條塞進嘴巴裏，快把整包薯條吃完。教主見狀，**體貼**地問：「我不吃薯條，請你吃好嗎？」

凌柏珍臉上一陣驚喜，但又不好意思的說：

這樣不太好吧？

教主爽快地把整包未吃過的薯條放到她的餐盤上，微笑着說：「浪費了更不好。」

饞嘴的凌柏珍開心地說**謝謝**，倪小黑不明所以地說：「我不明白，明明就吃不完，為何仍要購買套餐？」

教主和凌柏珍互看一眼，見對方也是一臉沒好氣，就知大家的想法一樣。兩人便一齊轉向倪小黑，一同拿起隨套餐附送的海賊王公仔，露出不明所以的神情說：「還用說嗎？當然是為了這個啊！」

倪小黑恍若大悟，買套餐送公仔的期限就只有一星期而已，難怪所有海賊王迷吃到喉嚨痛吧！他即時舉手投降，無話可說。

教主覺得面前這兩人真有意思，他誠懇地問：「我可以跟你們成為朋友嗎？」

凌柏珍和倪小黑聽到這個要求，不禁覺得奇怪。小黑開口問：「為什麼要跟我們成為朋友？我們可沒什麼特別之處啊！」

教主卻斷然說：「特別啊！因為你倆都是

不自私的好人吧！」

凌柏珍和倪小黑斜着眼互望一下，為了得到這種沒頭沒腦的**稱讚**而失笑起來。八珍好奇地問：「我們只是見面短短五分鐘，你憑什麼如此肯定呢？」

教主依着他剛才觀察到的**一點一滴**，充滿信心地說：「就憑你們在餐廳內找不到兩人桌，只好在一張四人桌坐下來，但又深怕有其他人同樣找不到桌子，於是兩人同坐在一邊，預早給有需要的食客讓座。所以，我知道你們都是**不自私**的好人囉！」

凌柏珍和倪小黑聽完教主觀察入微的分析，不禁驚訝起來，心頭更冒起了一陣感動，這就是所謂的**知己知彼**吧？兩人忍住笑意，說：

「這樣説來，我們很難不跟你成為朋友呀。」

心情一直超緊張的教主，到這一刻終於可以**放鬆**下來，他報上名字：「我叫盧孝主，朋友都愛叫我『孝子』或『教主』，以後請多多指教啊！」

倪小黑覺得奇怪：「嘩！哪個朋友會叫你『孝子』啊？**古代人**嗎？我們叫你『教主』好了！」

凌柏珍同意倪小黑的話，她咬着教主送的那包薯條，一臉**幸福**説：「我叫凌柏珍，由於我以前的家樓下就是『八珍甜醋』的老店，所以朋友們都愛叫我八珍！」

教主向她微笑打招呼：「八珍，你好！」

另一位同伴也自我介紹：「我叫倪小黑，人如其名，運氣一向不大好，是個**倒霉鬼**……你跟我做朋友，真的不怕沾到我的黑氣嗎？」

教主聽到倪小黑的自嘲，搖搖頭笑了：「我相信自己運氣很好，才會遇上你吧？所以我不怕！小黑，你好！」

八珍和小黑拿起了面前的汽水，「教主你好！很高興認識你！」

教主也高高舉起自己那杯凍檸檬茶，愉快地說：「敬所有珍惜朋友的人！」

他們將三個紙杯碰在一起，然後，一同展現出燦爛的笑容。

跟八珍和小黑在巴士站道別後，教主回到快餐店內，找到匿藏在暗角的盧孝主，他正一臉滋味的吃着雙層芝士漢堡套餐，更抽中了海賊王主角路飛的特別版公仔，真是太幸運了吧！

教主交到新朋友，既愉快又激動，嘩啦嘩啦地報告：「我跟小黑和八珍順利成為朋友，還交換了聯絡方法。真想不到會那麼順利，我們三人好像有什麼感應，一拍即合。」

盧孝主笑着讚賞：「你們本來就是好朋友啊！雖然許如雪給大家**洗腦**了，但不排除有殘留的記憶，讓你們有種似曾相識的親切感！」

教主心裏冒起一陣感動：「對啊，我一開始對兩人很陌生，但很快就混熟了，話題**滔滔不絕**，就像相識了很久那樣！」

「那就對了，有些朋友即使分開了一段時間，但只要一聚頭就會自動進入『友情模式』，很快又回到過去最**熟悉**的相處！」

教主連連點頭稱是，獲得首場勝利的他自信心大增，興奮地問盧孝主：「接下來，我們要做什麼？」

當盧孝主正想開口回答，卻聽到一聲**尖叫**，讓他幾乎從座位跳起來，只見一名在附近打掃的

嬸嬸，正用不能置信的眼神在看兩人。雖然他們已瑟縮店中一角，盡量別引起注意，但又給發現了，這次輪到盧孝主向嬸嬸解釋：「我倆是孿生兄弟，長得很相似吧！」

這一次，教主有默契地補充一句：「有一次哥哥請病假，我代替他去學校上課，老師和同學也察覺不了啊！」

嬸嬸咕噥地說：「你倆真像一面鏡子！我還以為這是什麼分身術呢！」

待嬸嬸遠去後，盧孝主才解答教主剛才的問題：「接下來，我要帶你去一個**特別**的地方，保證你會有驚喜！」

教主緊張地**苦笑**一下：「我今天已經夠多驚喜了，再來一次，恐怕承受不了啦！」

盧孝主笑着說：「我們出發吧……不，等我一下！」然後，他吃下才吃了一口的巨大漢堡，又把最後幾條薯條沾滿**茄汁**吃光，連加大裝汽水也不放過，只留下紙杯內咯咯地撞擊的**冰塊**，他竟然鯨吞了一整個套餐！

教主**憐惜**地看着他：「你似乎真的很肚餓啊！」

「說真的，我好像餓了很多很多年，現在終於得到**大滿足**了！」盧孝主吮吮食指，回味着薯條的鹽香味，心滿意足地笑起來：「好了，出發吧！」

盧孝主抓住教主的手臂，運用「操縱時間」超能力，閃電之間把他送到一間酒店的大堂內。

教主到埗後只覺**頭昏腦脹**，即時找了一張長沙發坐下休息，他有種像在大海裏載浮載沉的暈眩感：「這是何年何月，什麼地方啊？」

「這是十二年後，召月小學舉行**舊生聚會**

的地點。」盧孝主告訴他：「我特別選在此時此地，是想讓你學會使用『操縱時間』超能力！」

教主跟這個「孿生兄弟」相處得很愉快，毫不介意對他説真話：「既然你可以帶我到各個時空，我不用學習了吧？」

盧孝主卻猛皺眉頭，好像責怪教主不學無術：「許如雪隨時會發現我的行蹤，她要令我消失真是易如反掌，那時就只剩下你獨自面對一切了。我無法一直在你身邊，你一定要學懂自救。」

教主還是一頭霧水：「但我根本不知如何運用超能力啊！」

「其實，你懂得如何運用的！」盧孝主語重心長地説：「總之你記住好了，你身上已有『操縱時間』的超能力，現在只是忘記自己曾經使用過它而已，只要按下你腦內的『啟動掣』就可以了……」

教主就只有滿腦子問號而已。

盧孝主耐心地說：「嗯，你不妨幻想那就像游泳，你已經學會怎樣游，只要跳進水裏，伸展出兩臂向前游就可以了。」

教主用力聆聽着，總算消化過來：「我明白了。」

「好了，為了不被許如雪追尋到我的蹤迹，我必須離開了，未來的事情，就得由你來改變。」

教主很擔憂：「未來……到底會發生什麼事？」

這時候，盧孝主向升降機那邊抬一抬下巴：「舊生聚會就在五樓，你自己去尋找答案吧！」

教主也循着盧孝主的目光，轉向升降機那邊一看，他帶着一絲擔心的問：「但我還未準備——」當他轉頭回望，卻發現身後已空無一人。

教主心裏很無奈，但也明白「盧孝主」的

想法。

成長，就是必須獨力面對一切。

所以，他自問自答似的說：

我準備好了！

第四章

十周年舊生聚會

教主乘搭升降機到五樓，一出電梯便見到最左邊的宴會廳門前，掛着一張「召月小學畢業生十周年聚會」的巨型海報，海報用了校舍外牆的大牌匾作主題，令教主有一陣親切感。

他深怕自己給發現，於是遠遠避開了那個宴會廳，一直在想辦法要如何混入去，當他走到一個無人的宴會廳，瞧見裏面有一個寫着「道具房」的小房間，似是給賓客開派對時使用的，他心生一計，微笑了起來。

沒多久，教主已穿上一身繽紛的裝束，在臉上塗了個小丑妝，誰也認不出他；再整理一下那個五顏六色的爆炸頭，他不禁失笑了，這次恐怕連他母親也認不出兒子吧？

他用跳舞般的輕盈腳步走向舊生聚會的宴會廳，一走進門口，幾個正站着談笑的少年少女便用奇怪的目光看着他，教主馬上說：「馬校長請我來表演，替大家助興。」

他慶幸在小學三年級時，曾裝扮成小丑，跟隨學校老師去探訪患病的兒童，逗着小朋友開心。

大家不虞有詐的歡迎他進來，他在小丑服的褲袋裏拿出幾個吹龍紙口哨，每人派一個，大家即時玩起來，非常開心。

場內有十多張桌子，每張也坐了個半滿，教主滿場飛，一直做出**逗趣**的動作，又派發可愛的襟章和貼紙，讓一眾盛裝出席的賓客相當興奮，不斷邀合照，教主當然來者不拒。

當他走到其中一桌少年少女面前，一陣溫暖的**熟悉感**油然而生。雖然計算起來，由小六畢業再加上十年，各人也有廿一二歲了，跟小學四年級時只有九歲多的面貌大有不同，但教主仍是依稀認出了幾個好朋友，包括周星星、LEMON、郭雪綠、COOL、維維等人，他**感觸**於大家的成長，或許說是「老」了。

然而，讓教主**看傻眼**的是，他竟發現「剛結識」的八珍和小黑混在席間，照計兩人在新界北區某小學讀書，並不是召月小學的學

生，又怎會跟一眾召月舊生們一同聚餐呢？

他想一探究竟，卻不敢説話，哪怕一開口便給認出是「兒童版教主」的聲線，造成無法預期的後果。

所以，教主好好克制住自己的激動和疑惑，保持沉默的向大伙兒派發花炮，比起在其他桌逗留的時間更短，很快便離開了。

得悉各人安好，他心頭暖暖的，第一時間打算離開宴會廳。跟好朋友們一同健康成長，一直都是他的心願。

走到半路，他忍不住轉頭一看。周星星説話時仍是表情豐富又愛亂揮雙手加強語氣，像個努力表演的喜劇演員；長大了的八珍清減了不少，該是戒掉了吃零食的習慣吧？

10

他太想跟大家說上一句話，**親切**地問候一下，但他抑壓着自己的欲望，毅然轉頭去不再看大家，直走向大門，卻跟剛走進宴會廳的一男一女打了個照面，令他震驚不已——

是教主和許如雪！

長大了的教主還是那一副德性，穿着他（我）最喜愛的米白色圓領T恤、牛仔褲和球鞋，跟現場大部分穿**西裝**的舊生有點格格不入，但這卻顯露出他（我）的我行我素和不拘小節；而跟他並肩同行的許如雪，跟小時候幾乎沒什麼差別，一樣亮眼秀麗，只不過身材更修長，整個人散發着明星的光芒。

咦，「盧孝主」特地前來找他，該是想揭穿許如雪的真面目，請他千萬要提防着她。

她不是個可怕的**惡魔**嗎？為何到了十二年後的今天，長大後的教主和許如雪，卻像好友般結伴出席舊生聚會呢？

這一次，教主真的失去了避開的反應，只能一直**呆呆地**走向兩人。廿一歲的教主走到九歲的教主面前，一臉驚喜地說：「學校居然請了小丑先生來表演，真有**心思**啊！」

一度恍神的教主，滿以為被認出來了，卻突然記起自己是個化了濃妝的小丑先生，即時放鬆下來，從衣袋裏搜出最後兩枝**波板糖**，送教主和許如雪各一枝。

許如雪微笑接過禮物，對他**溫和**地說：「小丑先生，辛苦你了！」

年紀小小的教主垂下右手，用立正姿勢站

好，雙目注視着許如雪，身體向前傾斜約十五度後恢復原狀，作了一個紳士**敬禮**的動作，目送兩人朝着八珍他們的一枱走過去。他還聽到兩人邊行邊説——

咦，他們居然到齊了！連一向習慣遲到的維維也到了啊！

我們是為了替各人搜購**禮物**才會遲到，大家會原諒我們的吧！

希望大家也會喜歡這個刻了各人名字的音樂盒吧。

一定會喜歡的！機芯**音樂**是特別訂製，還用上了召月小學的校歌！大家肯定愛不釋手啊！

兩人走遠，接下來的對話便聽不到了，他看看教主手裏拿着的環保袋，一想到裏面有挖盡心思的禮物，就覺得這真有自己的**風格**。

他看着教主和許如雪走到一眾朋友面前，跟大家開開心心打招呼，連許如雪也像心無芥蒂的跟大家談笑，完全**顛覆**了教主的想像。

在這十二年之間，到底發生了什麼事，令事情有了如此驚人的**轉變**？

教主連忙抓住剛才跟他談過話的幾個少年少女，遠遠指着許如雪所坐的一枱，**裝傻**地

問：「咦！許如雪原來讀這家學校啊？她可是非常著名的廣告明星呢！」

眾人皆露出莫名其妙的表情，一個西裝男說：「我從沒聽過學校內有學生拍廣告，哪來的明星啊？」

穿高跟鞋的女生說：「我有朋友跟許如雪同班，可沒聽說她拍過廣告啊，你一定是弄錯了吧？」

教主只能困惑地離開，在道具房卸妝時，他將盧孝主告訴他的事好好想了一遍，十二年後的這一天，一切也跟「事實」不符，到底是誰扭轉了整個局面呢？

他猛然明白為何盧孝主要把他帶到此時此地了——只因他要自己認清，未來是可以改變的。而***改造未來***的那個人，說不定就是他自己？

想到這裏，他依着盧孝主教導的方法，努力想着回去的**時間點**，但周遭全無改變，他仍然坐在化妝椅上，看到鏡中呆呆的自己。

「我會不會永遠留在這裏啊？」他不禁**擔心**起來：「媽媽下班回家見不到我，一定會嚇得報警吧？」

他制止自己**胡思亂想**，嘗試盧孝主教導的另一個方法：合上兩眼，伸直雙臂，在半空一划一划的，幻想自己正在大海內暢泳。

他腦內逐漸浮現出一片汪洋和地平線的夕陽，而前面不遠處有個無人的浮台，於是他奮力游過去，雙手愈划愈快，眼看浮台***近在咫尺***，他即將抵達。

就在這時候，所有幻象都消失了，他面前變回漆黑一片。

教主聽到有人呼喊他，茫然地張開了雙眼，只見面前有周星星、郭雪綠、COOL，甚至有小黑和八珍共五人。

他**惘然**地望望四周，發現自己正身在自己家的睡房內。面積不大的房間一眼盡見：一張書桌、一個大衣櫃加上一張單人牀，牆上掛着那張巨大的《回到未來》電影海報**砌圖**。

眾人在房門前探頭進來，而他本人則坐在**書桌**前，一雙手伸直向前划，也難怪各人看傻了。

八珍尖聲地嚷：「教主，你發生什麼事了？是想扮殭屍嚇我們啊？我差點就嚇得運用『隔空移物』超能力，向你擲**薯片**了！」

小黑則用掌心連連拍着心口，膽戰心驚地說：「對啊，我們本來一同看着電視在吃下午茶，你卻走進房間裏久久沒出來。我們一推門就見到你在扮殭屍，真的**嚇壞人**了！我幾乎要用『添好運』超能力，摸你頭頂，替你驅邪了！」

周星星哈哈笑：「我倒覺得教主在**做夢**！我差點就要運用『讀心術』，聽聽他是否夢到自己成了游泳選手！」

教主聽他們提及超能力的事，就知道自己真的**成功**運用了「操縱時間」超能力，來到他想去的時間，遇上這一群擁有超能力的好友。

於是，他將伸直的兩手向橫揮出，一下擴胸，深深吸一口氣，然後彎起兩臂，展露了前臂的「老鼠仔」，模仿起周星星的語氣，搞笑地説：「你們都猜錯了！我正在幻想自己參加大隻佬比賽，在台上展示完美的肌肉！」

眾人瘋狂爆笑，連一向冷面的 COOL 也忍俊不禁。

教主把視線轉向牆壁上，見《回到未來》海報中天空那位置，缺了一塊雪花形狀的拼圖。他知道那塊遺失了的拼圖就在自己的衣袋內，這彷彿給了他一種動力，要極力修

補一切遺憾。

所以，他把目光轉回各位朋友臉上，對他們誠懇地說：

好了，現在讓我們來做正經事——拯救世界的時間到了！

眾人聽到教主的請求，就知道有**重要**任務來了，大家不禁打醒十二分精神，一致用力點頭。

第五章

好朋友的真義

話未説完，大家已同時嗅到**燒焦**東西的臭味，更驚見窗外出現了一道黑色的煙柱，直衝天際。

是的，就是這一天了，正確無誤。

當教主聽完「盧孝主」的一番解説，就知道一切問題的根源，全是許如雪生日那天發生的一場火災，所以他決定回到這一天，希望將所

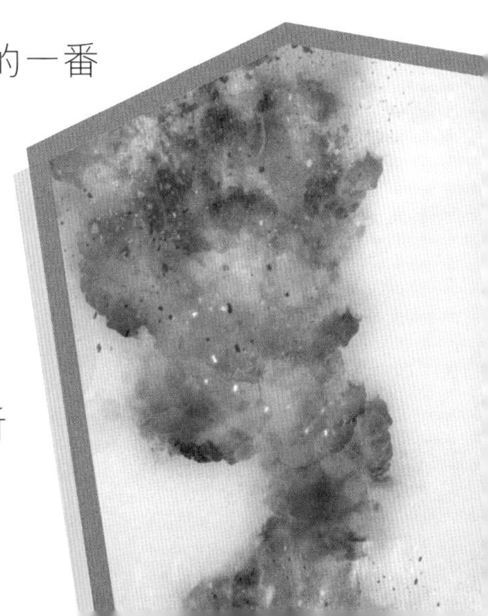

有差錯糾正，**改造**未來。

事情就跟「盧孝主」的描述一樣，所以教主成了五人之中最鎮定的一個，安慰着慌惶失措的眾人：「樓下一層的單位失火了，但我們很安全。」

小黑一點就明：「教主，你是剛從未來**穿越**回來吧？快告訴我們接下來要做什麼！」

教主拜託擁有「透視眼」超能力的郭雪綠，穿牆過壁的看看樓下火場的現況。郭雪綠確定了起火地點在房間裏，原因該是一個長拖板超過了負荷。現在火勢愈來愈烈，雖然無人等着救援，但客廳裏養着一籠八隻小白兔，牠們在滿佈濃煙的屋子裏，隨時會被焗死。

眾人急得團團轉，郭雪綠懊惱地說：

「要是 LEMON 今天也前來這裏就好了，她可以利用『瞬間轉移』的超能力，將自己移進屋子內，替那戶人拔掉插頭啊！」

周星星奇怪地問：

教主苦笑，在他那條被**扭曲**了的時間線，應該沒幾個人未聽說過許如雪這名字。但

在這一時間線，誰也不知道有許如雪這個人。

教主解釋：「許如雪、LEMON 和維維三人是最好的朋友，今天兩人就是替許如雪**慶祝生日**，我現在就去找她，很快回來。」

這一次，有了自信可操縱超能力的教主，不用再做出**可愛**的游泳姿勢，他閉上雙眼集中心神想着目的地，還有倒數回半小時前的時間點；下一秒鐘，耳朵便傳來了機動遊戲的音樂聲和小朋友的歡笑聲。

他緩緩張開眼睛，已到了**冒險天地**。

這天是許如雪的生日，維維和 LEMON 兩位好友替她好好**慶祝**一番。

大家去了許如雪最喜愛的冒險天地，玩了很多大型機動遊戲、鬥智遊樂設施，三人贏得厚厚的一疊**獎票**，還換了一副非常漂亮的角落生物 UNO 紙牌。

然後，三人在遊樂中心附設的**小食亭**坐下，買了爆谷、熱狗、粟米杯等一大堆零食，也點了一盤大大的**雪花冰**一同吃，當作是生日飯。

就在這時候，許如雪看見教主直走到三人面前，先是向眾人努力地**禮貌**一笑，然後向許如雪提出了一個要求：「我有些關於戲劇訓練的事想找 LEMON 談談，不知道可不可借她一下？」

許如雪覺得非常**掃興**，小四甲班這六個

超能力學生破壞了她的友情還嫌不夠嗎？她一半開玩笑一半挖苦地問：「你借了她，打算何時歸還給我？」

教主老實回答：「大概要一小時？不，半小時就可以了。」

許如雪本想繼續刁難教主，讓他知難而退，但她的「讀心術」超能力，卻令她聽到LEMON的心底話：「教主找我一定有非常緊急的事，阿雪為何要對我的朋友這麼不客氣呢？她實在太無禮了！」

許如雪心裏失望，只得對LEMON微笑：「沒問題，你們去談談吧，你也要快點回來，我和維維等着你啊。」

LEMON拍拍許如雪的手背，「阿雪你真

好！我很快回來。」

教主鬆一口氣，向許如雪**由衷**感謝一聲，就跟 LEMON 匆匆離開了。

許如雪默默看着兩人的背影，她辛苦掛在臉上的笑容**僵硬**起來，然後消失無蹤。

教主跟 LEMON 簡述了火災事件，還有請求她處理的事情，LEMON 輕鬆地說：「這任務也太簡單吧，你找我就對了。」

教主說：「那八隻**小白兔**正命懸一線，我逼不得已才會找你，妨礙了你跟好友慶祝生日，太不好意思了。」

LEMON 揮揮手說：「相比起**拯救世界**，

這個生日派對無聊得很呢！」

教主看穿了 LEMON 似的說：「朋友間無聊一下，其實也挺

的吧。」

LEMON 回味地點點頭：

那還用說的嗎？

於是，LEMON 依着教主的指示，運用「瞬間轉移」超能力，一下子潛進了那個即將發生火災的單位內。她探望了客廳裏八隻可愛的小白兔，再找到郭雪綠用透視眼看到起火的**粉紅色**牆壁房間，發現地板上那個八位拖板，居然每一個插頭都插了充電器和 WIFI 儀器，也沒考慮到會超過負荷。最要命的是，戶主好像非常安心的上街了，這真是一場**粗心大意**釀成的家居意外。

LEMON 大可快手快腳的關上拖板的主電源，馬上阻止一場火災，但她聽從教主的吩咐：「你千萬別關上拖板的主電源，那太**危險**了！我已召來水電工人，還是讓專業人士來處理吧！」

就在這時候，門外傳來了按動門鈴的聲音，她打開大門，只見教主和一個嚼着口香糖的**水電工人**一同站在門外了。

由於答應了許如雪速去速回，LEMON 飛快地返回冒險天地，得意洋洋的說：「你看看，我全程只去了十五分鐘，很快吧？」

對啊，用了十五分鐘便阻止一場惡火，更挽救了八條小生命，LEMON 很自傲。

許如雪見 LEMON 很快便趕回來，不得不承認教主是個守信用的人。維維也替 LEMON 說好話：「好啦，別說那麼多啊！雪花冰要快吃，否則就變成一攤雪水啦！」

許如雪放下了生氣的情緒，三人又重新投入喜慶的心情中。但是這時候，卻發生了一件令許如雪意想不到的事情！

教主竟然攜同五個甲班的超能力同學，一同出現在小食亭，直走到她們三人面前。

教主一臉熱誠地說：「今天是你的生日，我想獻上一點小心意，就當作是剛才問你借走 LEMON 的補償吧！」

許如雪見教主手中捧着一個蛋糕盒，這確實是一份心意，也算是一種驚喜，但她對教主始終懷着敵意，即時冷淡拒絕：「謝謝你的好意，但我不需要了。」

一刻也不能停口的周星星，又忍不住踴躍發言：「哎啊，生日怎可少了生日蛋糕啊！許個願然後吹熄蠟燭，才算得上是一個完整的生日啊！」

許如雪真想用「閉上你討厭的嘴巴」超能力，縫上周星星雙唇，令他再也講不出廢話來。可是誰都不知道她有超能力，她不能輕舉妄動，只好忍下來。

這時，LEMON 也在許如雪身邊游說：「對啊，我們居然忘了為你準備**生日蛋糕**，真是太失策了！」

許如雪硬綳綳地說：「不要緊，爸爸會替我買生日蛋糕，我今晚總會吃到吧！」她看看臉上流露出**失望**的 LEMON 和維維，忽然又覺得自己未免太過冷酷無情了，唯有改口風說：「既然你已買了蛋糕，我也就收下好了，謝謝你啦！」

教主欣然地說：「不用客氣，**生日快樂**！」在教主身旁的一群同學，也紛紛對互不相識的許如雪送上**祝福**：「生日快樂！」

教主把裝着生日蛋糕的紙盒放在桌上，自

覺做了一件**開心事**，他輕鬆地說：「好了，不阻你們繼續慶祝，拜拜！」

當大伙兒正準備離開，許如雪忽然在他們身後喊道。

教主轉過身去，奇怪地看許如雪。

不會打擾你們嗎？

許如雪的嘴角向上微彎，終於掀起一個笑容來。

絕對不會。我朋友的朋友，也值得成為朋友。

教主也笑起來了。

大家很快張羅到吃蛋糕的紙碟和膠叉，維維把蛋糕盒打開來，不禁歡呼了一聲：「嘩！是阿雪最喜歡的蛋黃哥！」

只見蛋糕上有一個看似疲累得要死的蛋黃哥趴着睡，令人忍俊不禁。許如雪有點詫異地問教主：「你怎知道我喜歡它？」

教主向許如雪書包掛着的兩個蛋黃哥吊飾抬抬下巴，沒好氣地説：「這也太明顯了吧？」

許如雪甘拜下風，不得不承認這個男生的確有種善於觀察的細心和值得欣賞的地方。

眾人為許如雪唱生日歌，然後她閉上雙眼，向着那枝寫着「10」的粉紅色蠟燭許願，當她再次張開眼，滿臉笑容的吹熄了燭光。

LEMON 用手機替大家和蛋糕瘋狂拍照，饞嘴的八珍快餓死了：「可以開始吃了嗎？我真想把整個蛋糕吞進肚裏去！」

郭雪綠笑着安慰她：「你忍耐一下吧！生日蛋糕主要不是為了好吃，而是為了留低紀錄，打卡留念啊！」

周星星說：「對啊，打卡比起食物重要得多了！」然後，他也在蛋黃哥蛋糕旁躺平裝累，讓 LEMON 拍一張。

一向不愛拍照的八珍大叫：「我不同意！」

切蛋糕的時候，教主很不好意思。因為他沒想過會一起吃蛋糕，所以只買了小小的一個，要把這個只有四吋的小蛋糕平分真有難度，他尷尬地說：「我不吃了，你們吃吧！」

一向不多話的 COOL 也推辭：「我也不吃了，我不餓啊。」

各人你推我讓，許如雪卻看得出大家的善意，她主動開口：「不可以這樣，每人也吃一點啊，就算每片蛋糕切得薄薄的也沒關係，一起**分享**才最重要。」

許如雪一句話就替大家解困了。最後，由數學科成績很好的八珍**操刀**，她根據精密的頭腦計算，將蛋糕以每片 40 度分成九片，看着八珍**小心翼翼**的切着蛋糕，同樣貪吃的維維餓到胃痛！

吃蛋糕時，郭雪綠充滿好奇地問許如雪：「阿雪，你是我們九人之中，第一個滿**十歲**

的朋友，我一直想知道自己十歲時會是什麼樣子……你現在有什麼感受？」

忽然被問及這個**問題**，許如雪有點反應不來。其實她從來沒想過，在這個世界上活了九年，到底有什麼**意義**？

她靜靜低頭看着紙碟上那一片芒果蛋糕，思考了差不多有半分鐘，才抬起頭環視大家，**感觸**地說：

「過去九年，我一直有很多不快樂，有很多不滿，也有很多抱怨，而我總是認為自己無力改變，將來每一天也必須**重複**着那些不快樂、不滿和埋怨。今天踏入十歲了，我希望自己會變得**善良**一點，多笑一點，令自己快樂起來，同時將這份快樂感染身邊的朋友，讓大家知道我正在努力，努力變成一個更好的人，每天都要改變一點點，即使只是那麼一點點，也要在**進步**之中。」

在座的八個同學年紀相近，對許如雪的話有着一番特別的感受。對他們來說，許如雪就像一個大姐姐，給予大家激勵。對於快將迎來的十歲，大家也多了一份憧憬。

本身就是許如雪好友的LEMON和維維，得知她生長在一個破碎家庭，對這些話感受更深，兩人也把掌心用力按在她手背上，想給予她更多力量，許如雪鼻子一酸，各人也給這幅溫柔的畫面感動了。

吃完蛋糕，各人已跟許如雪熟絡起來，趁着趕回家吃晚飯前的一點空餘時間，大家結伴在冒險天地玩一下。

由於這天是許如雪的生日，各人在沒有預謀之下，不約而同運用了超能力，暗中幫她贏得禮物。

譬如，在拋彩虹的攤位前，八珍偷偷用「隔空移物」超能力，改變許如雪擲出的金幣路向，令它準確無誤的正中大獎，這讓許如雪相當吃驚。

又譬如，郭雪綠用「透視眼」超能力，事先看了哪部扭蛋機即將掉出許如雪想要的公仔來，然後把許如雪帶到該機器前說：「我有預感你會得到想要的！」許如雪投幣一扭，掉出來的果真是她最想要的那個款式，令她驚喜萬分。

然後，不論玩投籃機、保齡球、推銀機和夾公仔，大家也出盡法寶，務求令許如雪成為勝利者，博取她開心一笑。

Potato Chips

最後，許如雪手抱着兩個巨型蛋黃哥公仔，書包內還有各種她喜愛的扭蛋公仔和獎品，滿載而歸地離開。

各人走到冒險天地的大門，正準備道別，許如雪這時卻看着大家説：「你們用超能力替我賺得那麼多獎品，會不會太壞了？」

七人大大嚇一跳，本以為許如雪沒有超能力，她怎會知道大家有超能力呢？眾人不禁把視線轉向 LEMON 和維維，兩人搖頭擺手地澄清：「我們可沒説出去啊！」

許如雪深深吸一口氣，在人前首度坦露心聲：「我知道你們有超能力，是因為……我也有超能力。」

所有人張口結舌，許如雪便繼續説：

「我一直想告訴任何人，我也有超能力。那麼，我就不用一個人面對所有事吧。但一天拖到下一天，我變得愈來愈難以啟齒……趁着十歲生日的這一天，我想自己也該坦白承認了吧？」

八人面面相覷，教主首先説話了，他感同身受地説：「謝謝你告訴我們。你並非孤獨一人，歡迎加入我們！」

此言一出，各人不禁回憶起當初得悉自己得到超能力的不安狀況：雖然心頭很興奮，但又患得患失；想告訴別人，但又不敢讓別人知道，擔心自己被認定是一頭怪物，甚至被關進實驗室做人體實驗……是的，説出來或不説出來，是非常漫長的心理掙扎。

大家也體諒許如雪，同聲說：「歡迎加入我們這超能力同學會！」

八珍問：「阿雪，你在許願亭內，得到了什麼超能力？」

說到這個，許如雪更覺得難以啟齒：「我當時胡亂許了個願，祈求要是真有超能力，不如就全部給我啊！所以……我每種超能力也有一點點，可以說是『全能』吧！」

大家的反應就只有愕然，對她的話似懂非懂的，對「全能」並無概念。

周星星忽然向地板一跪，用雙手抱頭，並將十根手指插進頭髮內，仰天長嘯：「我為何從沒想到這一招，這也太聰明了吧！」

維維瞪大雙眼，驚奇地說：「那就等於向

給你三個願望的燈神說『我的願望就是要一千個願望』！」

眾人為許如雪得到的異能嘖嘖稱奇，教主卻看出了正面的影響：「有了你加入，我們這個九人的超能力團隊，應該可做更多好事啊！」

許如雪也像下了什麼**重大決定**，認真地說：「這正好就是我決定告訴大家，我也有超能力的**原因**了。」

大家恍然大悟，就像有轉校生初來報到一樣，非常興奮。

這時候，許如雪卻提高了**聲量**：「喂，你們還未答我的問題啊！」

她垂頭看看手抱着的兩個巨大蛋黃哥，又挺了挺給各種**禮物**塞滿了的書包，把剛才的話再問一遍：

突然給**問罪**了，眾人一下子也不懂回應，許如雪彷彿要代替大家回答，沒好氣的說：「你們都不壞，只是太淘氣了！」

此話一出，所有人靜止了三秒鐘，才**哄堂大笑**起來。

第六章

放棄超能力

許如雪、教主、COOL、小黑、郭雪綠、周星星、LEMON、八珍和維維這九位超能力同學，在之後的一段日子裏，合力做了很多**好人好事**：

有一次，他們救起了在八號風球下去碼頭追風觀浪卻給捲入**大海**的一對父子；也有一次，替一個在胡亂過馬路給車撞倒的婆婆挽回了性命；又有一次——這次真是**經典**——集合了眾人之力，阻止了一宗導致三十四名乘客喪生的恐怖巴士交通意外！

但半年之後，各人的超能力陸續失靈——由每天輕鬆地使用數次，變成一天只能使用一次；到了後來，就算用盡氣力，幾天也無法用上一次。

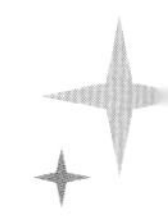

由於九個人也遇上同樣的問題，所以眾人意識到那不是個別事件，開始接受一個事實，那就是：使用超能力也有限期，而大家距離這個限期已經愈來愈近了。

也由於超能力有了一時可用、一時失效的「誤差」，有些本來可幫忙的事幫不了，本來可拯救的意外也無法及時拯救，那簡直就像旱災時祈求快快降雨的感受，使各人的心情頹喪得很。

就像這天的午膳時間，學校發生了一宗嚴重的事故，一群男生在梯間**追逐**奔跑，不小心撞倒一個低年級的小女生，使她滾下樓梯，全身彈動不得，左腳更斷了骨，讓大家都很**心痛**。

教主想運用超能力，把時間倒回去那群男生追逐奔跑之前，截停他們好好**訓示**，但他

無論如何也使不出「操縱時間」的超能力來，只好馬上找許如雪幫忙，可惜超能力已失靈長達兩星期的許如雪，同樣使不出任何超能力，只能懷着無限內疚，目送神情痛楚的小女生被送上救護車裏。

教主狠狠踢着操場上的小石子，落寞地說：「我記得在一套英雄電影中看過一句話：『能力愈大，責任愈大。』不過，要是已經無能為力了呢？想盡責的人只會更加痛苦了吧？」

曾是「全能」的許如雪，此刻卻連救一個人也無能為力，她感同身受：「我也有這種感覺。」

「真奇怪，我滿以為有超能力很厲害，沒

想到真的有了超能力，我卻比一個平凡的學生更多煩惱。」

許如雪説：「對啊，有超能力太累了。」

教主用**認真**的語氣説：「如果可以退回去，我寧願從來沒有超能力。」

「説得好，我正好也這樣想。」

兩人互看對方一眼，彼此也露出一個無力的苦笑來，然後各自遙望着遠處，操場上的學生們都在打籃球，或在神情愉快的交談，或在無拘無束地追逐，好像什麼**煩惱**也沒有，他們不禁露出羨慕的眼神。

忽然之間，兩人恍如有某種**感應**，同一時間想起了什麼，他倆一同轉頭望向對方，不約而同説出了一句話：

我們也可以沒有超能力！

教主和許如雪告訴朋友們那個「放棄超能力」的想法，心想大家一定會反對。沒想到面對着同樣苦惱的各人，居然進一步詢問詳情。

兩人説出**計劃**，大家聽完也覺得這個方法或許真的可行，但大前提卻是——所有人都會失去超能力，變回平凡的學生。

八珍首先流露出**不捨**之情。

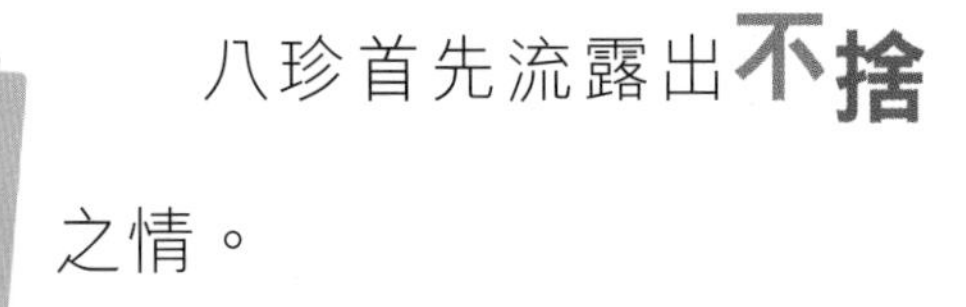

周星星提醒她：「走來走去很麻煩，可能會令你少吃兩筒**薯片**，這可幫你減肥啦！」

維維神情楚楚可憐的。

許如雪拍拍她手背：「放心，我會充當你的人肉**鬧鐘**，比你的鬧鐘提早十分鐘致電喚醒你，務求令你追上那班車！」

維維心中驚喜：「真的嗎？那我倒**不介意**失去超能力啦！」

郭雪綠也有點可惜。

小黑卻告訴她好處：「這才有終於得到了大獎的驚喜啊！」

我不能隱形，便避不開壞事了。

眾人都靜默下來，反而是 COOL 自己開了口，她**酷酷一笑**，有志氣地說：

所以我必須更勇敢，去面對一切不願面對的事情吧！

雖然心裏不捨，但各人對失去超能力這件事，愈來愈***釋懷***。

教主見眾人不反對，便問了一個很**窩心**的問題：「最後，大家有沒有未做的事，想趁着仍身懷超能力的時候去做一下？」

各人**面面相覷**，一下子想不出什麼來。其實使用過超能力之後，超能力就不再厲害，倒變成了一件很平凡的事……那就像一開始要七時正起牀上學很**辛苦**，但習慣了就沒什麼大不了一樣。

當各人毫沒頭緒，一向搞笑的周星星對教主說：「如果真有一件事可做，我最想知道的……嗯，應該是我們一群朋友**最期待的畫面**吧，那就是——」然後，他用饒有深意的目光，環視每一位朋友。

做了多年朋友，不用周星星說下去，大家

已**心領神會**，不住地點頭微笑。

▶▶| ▪▪▪▪▪▪ ||

三年後，在召月小學畢業禮中，馬校長發表了一段將近十分鐘的冗長**演講**，並祝福一眾小六生前程錦繡，典禮便正式完畢，整整六年的小學生涯告一段落，一眾同學也依依不捨。

步出禮堂時，八珍說：「我最不捨得的就是這裏的小食部，尤其是**魚蛋**和**燒賣**，實在是人間美食啊！」

小黑無奈：「很多小學也設有中學部，唯獨召月小學沒有，無法原校升讀，可見我真是

『地獄黑仔王』啊！」

維維最關心的還是那回事：「我的家距離小學很遠，每天要很早起牀乘巴士回校，我真希望可獲派到一家離家很近的中學，讓我睡到最後一秒。」

許如雪重複了三年前的一句承諾：「放心吧，就算我倆將來讀不同的學校，我仍會每朝致電叫你起牀。」

維維感動地說：「雪雪，你真的太好人了！」

許如雪倒是沒好氣：「你上學的時間也是我的上學時間吧，這只是舉手之勞。」

充滿離愁別緒的郭雪綠，難掩哀傷地說：「無論如何，在小學時可以跟你們八人做朋友，真是很開心。」

周星星對郭雪綠說：「那麼，我必須通知你一聲，你的開心會延續到很遠很遠的未來！」

「咦？」

周星星轉向大家，揚聲說：「雖然上了中學，我們一群朋友會各散東西，但我有你們所有人的個人資料和聯絡方法，誓要跟你們繼續保持聯繫，繼續做朋友，繼續追蹤你們！認命吧，你們是逃不過我的魔爪了！呵呵呵！」

周星星說得繪形繪聲，更激動地握緊拳頭，極富喜劇效果，但眾人卻被他的「矢志不渝」感動了。

老愛跟周星星針鋒相對的八珍失笑：「為什麼你說得自己像個殺手？」

周星星突然記起什麼：「我的確在《我的志願》那篇作文中寫過長大後要做**殺手**啊！」

「老師給你幾多分？」

「看來是寫得太似個殺手，嚇得他給了我0分，請我重作一篇。於是我**再接再厲**，寫自己的志願是做殺手經理人，老師這次給了我100分！」

眾人一同呆掉三秒鐘，然後捧腹齊聲**瘋狂大笑**起來。

九個同學在召月小學操場前集合，LEMON伸直了手臂，替大家自拍了很多一本正經的畢業照。教主卻對大家說：「大家記得嗎？我們多年以前曾相約過，要一同完成整個小學階段，然後在畢業典禮上拍一張做**鬼臉**的合照！」

八珍耍手擰頭：「我兩個月前展開地獄式減肥，好不容易才瘦了三公斤，現在只想拍些美美的畢業照，可不要在臨別的一天留下污點！」

周星星笑嘻嘻說：「這不是污點啊！是特點！」

最後，眾人還是各自擺出最醜陋的鬼臉，朝着鏡頭拍了一張、兩張……然後拍了十幾張，一張比一張醜。

用「操縱時間」來到小六畢業禮的教主和許如雪，藏身在籃球架後看着這一幕，忍不住笑意。

許如雪笑着問：「看到這裏，我們也應該心息了吧？」

教主心頭很輕鬆：「心息了。」

是的，教主心中那種感覺，跟曾經穿越到十二年後，親眼目睹舊生聚會時是一樣的。得知一群朋友多年後感情也不變，是他感到最**欣慰**的畫面。

他深刻地再看了這九個已沒有超能力的同學一眼，跟他們約定***未來見***。

然後，他深深吸一口氣，轉向許如雪說：「好了，讓我們回到原點吧！」

兩人用盡全力啟動「操縱時間」超能力，心裏想着召月小學的學校旅行日那天，在山頂公園的那個**涼亭**前。

教主仰起頭望向亭頂，上面有個牌匾寫着「超能力許願亭」。牌匾下，還有一行較細小的字：

是的，一切都在這裏開始，也是事情的**原點**。只要大家從沒走到這個許願亭來，那麼誰也得不到超能力，也沒有往後一連串的事

情發生了！

這就是「放棄超能力」的唯一做法。

教主和許如雪在亭內的長椅坐了下來，肩並肩的看出涼亭外。涼亭外的天色很好，太陽照射在滿是林木的小徑上，微風中有一種森林獨有的青澀氣息，感覺很是舒適，兩人不禁流連多一會兒。

過了好一陣子，許如雪才慢慢開口：「我們很快就會變回沒有這段**記憶**的普通小學生，我可以告訴你一件事嗎？」

教主側着臉看她一眼，「什麼事？」

「拿着那塊**砌圖**去找你的，其實是我。」許如雪有點**難為情**地說：「我用『複製容貌』超能力，將自己變成跟你一模一樣，讓你以為某個時空的盧孝主來找你。」

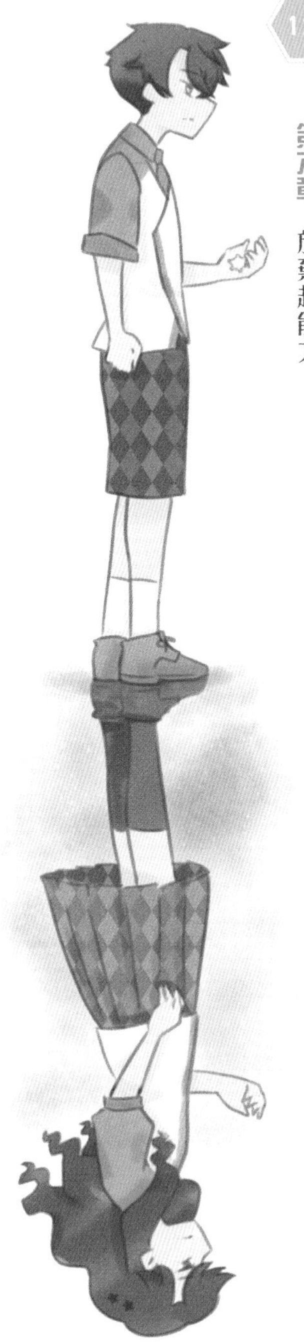

許如雪滿以為教主會破口大罵，沒想到她的擔心並沒出現，教主只是把視線又轉回了前方，用平靜的聲音説：「我知道啊。」

這一次，輪到許如雪呆住了：「你知道？」

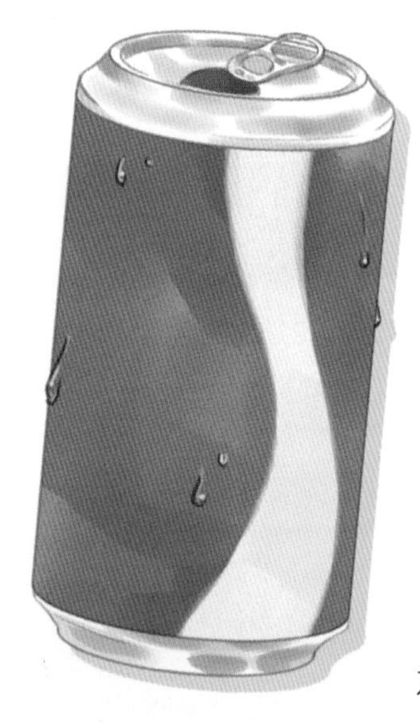

是的，教主很快便知道了，尤其當他替莫名其妙地冒出來的「盧孝主」取飲品時，一向只愛喝檸檬茶的教主，故意拿了一罐媽媽才會喝的汽水給「盧孝主」，沒想到他骨碌骨碌地把它喝光了。

那時，教主已經懷疑這個「盧孝主」是冒牌貨。

到了快餐店，他看着一臉滋味地沾茄汁吃薯條的「盧孝主」，就百分百確定這個人是假冒的，畢竟他平生最討厭就是茄汁了。

許如雪聽着教主指出她的破綻，不禁汗顏：「我明明很努力去飾演『盧孝主』的角色，原來只是虛有其表啊？」

教主看看亭外開始變暗的天色，點點頭說：「但我慢慢便明白你前來的目的，不是為了加害於我，而是為了贖罪吧？」

許如雪苦笑，教主猜對了，她是為了**贖罪**而來。

許如雪使用超能力，令自己變成了一位廣告明星，雖然萬千寵愛集於一身，但她半點也不快樂，每當看到忘記了三人曾是好朋友的LEMON和維維，更有種被兩人離棄了的傷感。

最後，藏身在學校女廁的她，已經不想面對以後，亦終於忍受不了無邊際的孤獨，下定決心要把一切撥亂反正。

她假裝成「盧孝主」，尋找因「清洗記憶」而忘掉一切的教主，告訴他所有發生過的事，

也提醒了他身上仍蘊藏着「操縱時間」的超能力。

由於喚醒了教主的潛能，他極力補救火災那天的差錯，也制止了跟許如雪交惡，創造出一個截然不同的故事來。

這比起沒一個朋友，只有她一個超能力者單獨面對世界的無聊故事，無疑精彩得多。

許如雪將一切向教主坦言相告，只覺得放下了心頭大石，她用溫和的語氣，鄭重地說：「我想跟你說句對不起！我在你身上，終於學會怎樣才是朋友，你令我獲益良多。」

教主斜看她一眼：「你也證明了，你真的不是壞人。」

「我只是生氣了，因為生氣而做傻事，

並不配做**壞人**。」

「你還不明白嗎？」

「明白什麼？」

你來告訴我「拯救世界的時間到了」，其實想拯救世界的人是你，但你需要有同伴的支持。

許如雪**雙眼一紅**。

對啊，我需要有朋友伴我同行。

教主明白這些事：「自己吃一整個生日蛋糕也不會快樂。」

「每人吃一片，吃完還是會肚子餓，但見到各人嘴角都沾到忌廉，卻會很快樂。」許如雪微笑了。

這時候，涼亭外天色巨變，天空已變成了墨汁似的烏黑，一聲悶雷傳來，彷彿向世人怒吼，然後豆大的雨點打到葉子上，發出劈啪劈啪的聲音來。

「我們那天就是在下雨時找到這裏來。」許如雪的視線從雨幕轉向教主，問：「那麼，我們要開始了嗎？」

到了最後的一刻，一向意

志堅定的教主竟猶疑不決，擔憂地問：「假如我們誰也沒有了超能力，不就沒有人拯救世界了嗎？」

許如雪卻一句**敲醒**他的腦袋：「我們不去破壞這個世界，就已經很好了！」

教主點頭苦笑：「你説得對，有了超能力，同時也有了欲念，可能造成更多**破壞**！」

許如雪再多問教主一句：「要是我們的計劃成功了，下一秒鐘真會失去超能力……要是有多一次**機會**，你想不想擁有超能力？」

教主側着頭，好好地想一想，説：「我比較想專注於學業。」

「好吧，我們在必須用功**讀書**的世界見吧！」

教主深深吸口氣：「**我們那邊見！**」

許如雪仰起了頭，向着亭頂的牌匾堅定地說了一句：

「我的願望是：這個『超能力許願亭』和它帶來的所有超能力，全部消失！」

一道**雷電**劃破烏雲打下來，不偏不倚的劈落在許願亭的亭頂，一陣巨大的強光閃過之後，許願亭、教主和許如雪一併**消失**了。

【第一季完】

超能力少女
戀身術
TOILET

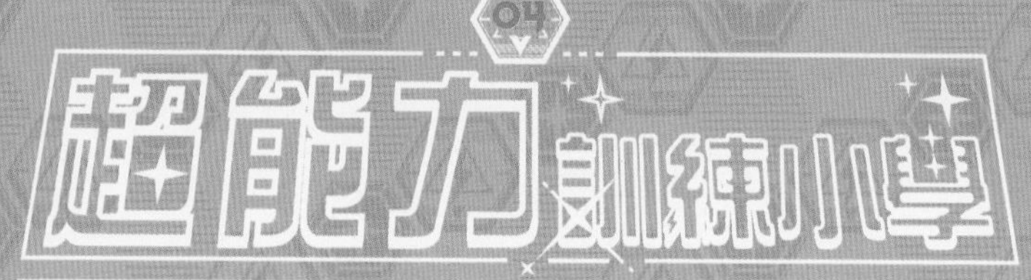

作　　者：梁望峯
責任編輯：林沛暘
繪圖及設計：雅仁
出　　版：明窗出版社
發　　行：明報出版社有限公司
香港柴灣嘉業街 18 號
明報工業中心 A 座 15 樓
電　　話：2595 3215
傳　　真：2898 2646
網　　址：http://books.mingpao.com/
電子郵箱：mpp@mingpao.com
版　　次：二〇二四年二月初版
ISBN：978-988-8829-12-5
承　　印：美雅印刷製本有限公司